AF319219

# EN VÉRITÉ

## JE VOUS LE DIS

### IL Y AURA

## des Trous dans la Lune !

PARIS

—

1884

L 57b
8610

# EN VÉRITÉ

## je vous le dis

# IL Y AURA DES TROUS

## DANS LA LUNE

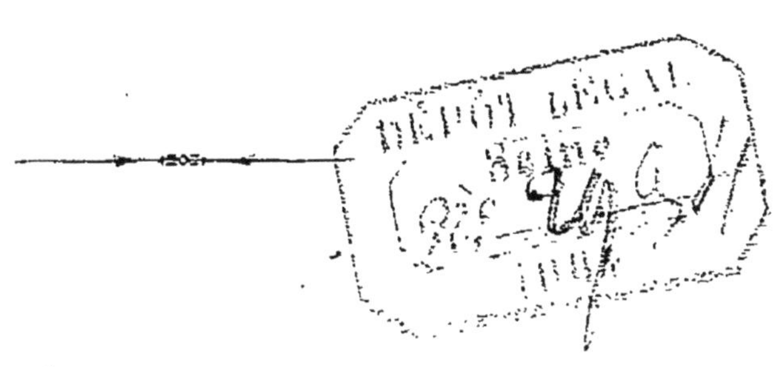

PARIS

Imprimerie et Librairie administratives et des Chemins de fer

**PAUL DUPONT**

41, RUE JEAN-JACQUES-ROUSSEAU, 41

1884

L b 57.
8610

En ce temps-là, une grande nouvelle
se répandit au sein d'une cité ; un homme
considérable, surtout comme embonpoint,
et déjà célèbre depuis trente-quatre ans,
environ, venait de prendre la fuite laissant
ses serviteurs dans la désolation, et un
grand nombre de cultivateurs dans les
larmes. Il emportait les épargnes des
premiers, et les récoltes des autres qui
avaient eu le tort d'avoir confiance en lui.

Quelques-uns de ses amis, ceux-là

même qui avaient fait si souvent le bésigue, dans ces soirées où on mangeait les marrons en buvant le vin blanc à la santé de Marianne, venaient de se repentir, mais un peu tard, d'avoir donné leur signature à ce filou.

Une grande clameur s'éleva, la consternation était peinte sur le visage de tous ; les uns parce qu'ils perdaient leur argent, les autres parce qu'il avait été convenu de considérer cet homme comme le rempart de la démocratie, vantant à tout propos son honnêteté, son austérité, son amour pour le peuple, et qu'ils étaient obligés de confesser que leur idole, leur pontife, n'était ni plus ni moins qu'un vulgaire sacripant.

Or, il avait un fils, qui arrivé à âge d'homme commit l'imprudence, malgré des avertissements réitérés, d'avoir confiance en son père. Au lieu de méditer, de réfléchir, de chercher à se rendre compte comment l'opinion publique avait pu s'égarer, et de penser que tôt ou tard elle reviendrait de son erreur, il voulut faire tourner à son profit l'espèce de popularité que l'auteur de ses jours exerçait dans un certain rayon, et il se laissa mettre un pied dans la politique. — Dès lors il en était fait de lui.

Dieu l'avait cependant doué d'un bon naturel, et il aurait pu, grâce à un travail sérieux, à une certaine obligeance qu'il apportait dans ses relations avec tout le monde, racheter les fautes de son père et se créer une bonne position, mais il eut le malheur de rencontrer sur sa route de ces faux bonshommes de la race féline, d'autant plus dangereux qu'ils sont remplis d'astuce, qui ont le talent de rester dans la coulisse, et qui le jetèrent pieds et poings liés dans la fournaise.

D'autres hommes, qui semblent avoir pour mission de se perdre et de perdre

les autres, accaparèrent ce jeune homme
déjà un peu porté à l'orgueil et flattèrent
sa vanité ; ils se servirent de lui comme
d'une baudruche, l'associèrent à toutes
leurs vilenies, et le lancèrent à corps perdu
dans toutes les luttes et dans tous les
assauts qu'ils livraient à la société. Pour
eux, c'était un véritable mannequin dont
ils se moquaient par derrière, s'arran-
geant toujours de façon à lui faire délier
les cordons de sa bourse, quand il y avait
des courses en sacs ou aux ânes, et Dieu
sait s'il avait à en récompenser ; une
machine à signatures qu'ils flattaient,
parce qu'ils avaient besoin de lui et de ses
partisans et qu'ils devaient ensuite
repousser du pied, comme cela est arrivé
après sa chute. Toute la contrée était
donc dans la stupéfaction lorsque le
prophète Véritas parut. Une grande mul-
titude le suivit, et lui s'étant placé au
sommet d'une côte au pied de laquelle
coule une petite rivière dont on a voulu
essayer d'utiliser les eaux pour faire tour-

ner un moulin, il s'adressa en ces termes
à la foule qui l'écoutait :

En vérité, en vérité, je vous le dis :
Vous en verrez bien d'autres. — Croyez-
moi, je vous le dis. — Ce qui est arrivé
hier n'est rien à côté de ce qui arrivera
demain. Le ciel et la terre passeront, la
République passera, mais ma parole ne
passera pas. J'ai prêché, jusqu'à présent
dans le désert, mais les temps sont pro-
ches où les plus aveugles verront clair. En
vérité, je vous le dis, il pourra y avoir des
signes dans le soleil, mais vous ne pourrez compter les trous qu'il y aura dans la
lune. Ce que vous avez vu n'est rien,
encore un peu de temps, vous en verrez
bien d'autres.

Tout ce que je vous ai prédit depuis
longtemps est arrivé de point en point.
Cependant pour peu vous m'eussiez jeté
des pierres, je ne suis pas cause, hélas, si
les choses vont mal !

Comment voulez-vous qu'il en soit autrement. Le dévergondage est partout, le désordre règne en souverain. Voyez où en sont les hommes auxquels vous avez donné votre confiance. Ils se ruinent en ruinant les autres.

De toute cette opulence dont vous payez les frais, de tous ces embarras qui faisaient croire que la terre n'était pas digne de les porter, que reste-t-il aujourd'hui ? A vous de répondre.

Encore un peu de temps, vous en verrez bien d'autres. On ne peut pas continuellement puiser dans la bourse de ses domestiques, la date du règlement arrive toujours ; aux emprunts contractés coup sur coup, nul ne peut résister s'il n'a de quoi répondre, et celui qui a perdu sa vache à lait ne peut plus faire de beurre. Fatalement, lorsque les dépenses sont supérieures aux revenus, le krach arrive avec une précision mathématique.

Ceux qui aiment la bonne chère, les voyages, et qui ne sont pas en position de de se donner ce luxe, sont perdus à tout jamais, je vous le dis.

Ils auront beau se raccrocher à toutes les branches, caresser les rêves les plus brillants pour continuer à pouvoir manger des huîtres et boire du Sauternes, ils seront déçus dans leurs espérances, et nous les verrons, essoufflés et fourbus, rentrer dans l'obscurité. En vérité, je vous le dis, il en sera de même des cités qui se livrent à des prodigalités révoltantes dans le but d'enrichir toute une coterie de privilégiés, elles ne pourront faire face à leurs engagements et il y aura de malheureux ouvriers, de bons pères de famille qui auront donné leur temps, leur travail et leur peine sans aucun profit pour eux.

Sous le prétexte de répandre l'instruction, mais en réalité pour arrondir les poches des plus malins, on se livre à des dépenses scandaleuses en fait de bâtiments. Au lieu de construire des locaux remarquables par leur simplicité, dans de bonnes conditions hygiéniques mais économiques, pour donner cette instruction à laquelle tous ont droit, on a élevé de véritables palais. On a beaucoup trop pensé à la cage, et pas assez aux oiseaux. Les uns, les maîtres, meurent de faim dans leur somptueuse chambre à coucher, et je vous le demande en vérité quel résultat l'enfant a-t-il obtenu de ce luxe ? Aucun. Est-il plus savant ? Non assurément. Le temps consacré à la prière, il est vrai, a été remplacé par la lecture de ces manuels qui distillent le poison, par le chant, et des exercices militaires, histoire toujours de dépenser de l'argent et de goberger des fainéants, mais où en est l'orthographe ? Où en est la lecture ?

Il eût été préférable de mettre moins de luxe dans la construction de ces écoles, et de donner à cette jeunesse, des professeurs pour former son éducation, compagne inséparable de l'instruction, — L'une ne va pas sans l'autre. — Lorsque l'éducation fait défaut, le sujet qui en manque ressemble à un homme bien vêtu, bien chaussé, correctement mis, mais qui aurait les mains sales.

Dieu est proscrit de l'école, mais ses proscripteurs passeront absolument comme la République, et je vous le dis et vous le répète, Dieu ne passera pas.

Quels sont ses proscripteurs depuis le haut jusqu'au bas de l'échelle? Des hommes qui n'ont jamais été en paix avec leur conscience, affectant de braver par leur cynisme l'opinion publique, foulant aux pieds toutes les règles de la civilisation, n'ayant qu'un seul but, celui d'essayer de corrompre une population pour l'enrôler sous le drapeau de ce qu'ils nomment la Libre Pensée, dans les plis duquel sont inscrits ces deux mots ignobles: accouplement et enfouissement.

En vérité, je vous le dis : ces hommes tomberont. Le carnaval ne durera pas toujours, et, semblable à un ivrogne qui après avoir fêté la dive bouteille, le dimanche et le lundi, est obligé de se coucher le mardi, le pays éprouvera le besoin de se reposer, et la mascarade sera terminée.

Dieu les gêne parce que sa parole condamne leurs actes ; ils poursuivent l'Église de leur haine, parce que l'Église, en mère vigilante, oppose la saine raison à leurs doctrines subversives, et les insensés ont rêvé de supprimer Dieu.

Fous qu'ils sont ! Dieu se joue d'eux comme le vent d'un fétu de paille.

Je vous le dis : voyez et réfléchissez. Pesez la valeur de tous ces gens qui se disent vos amis et qui, en fait de cœur, n'ont que du ventre, et, la main sur la conscience, dites-moi si vous en êtes satisfaits ?

Des promesses pour acheter vos suffrages, oh ! leur sac en est rempli. Ils vont recommencer à déplacer les jalons de ce problématique chemin de fer, dans un but électoral, pour en imposer à votre crédulité, et, dans tous les cas, pour aboutir à un travail fait tout à la fois dans des conditions injustes, ineptes et ruineuses. On ordonnera des enquêtes et pour inspirer plus de confiance ils pousséront l'audace jusqu'au point de se servir du nom d'honorables citoyens, et à leur insu. On commence déjà à répandre le bruit que si certaine municipalité était changée aux prochaines élections, telle commune n'aurait pas la gare qui lui a été promise. Vous voyez avec quelle facilité les plans de cette voie ferrée se font et se changent, puisqu'il suffit qu'un homme renommé, du reste, pour son habileté à dresser des mémoires et à engager des procès qui tournent toujours au profit de ses administrés soit mis de côté, pour que la direction de la ligne soit modifiée.

Vous ne vous laisserez donc pas prendre à toutes ces sornettes, et vous révolterez à la pensée qu'on vous traite comme des serins, dussiez-vous voir remuer cent fois les jalons et même donner quelques coups de pioches ; en vérité, je vous le dis, le chemin de fer ne se fera pas.

Souvenez-vous qu'il fut une époque, à la veille des élections, où on traversait vos blés qui n'étaient pas encore mûrs, pour faire ce prétendu tracé, il y a bientôt quatre ans, et vous n'avez pas encore vu la fumée de la locomotive et vous ne la verrez pas.

N'y croyez pas plus, je vous le répète, qu'à la mort de celui qui vous emporte votre argent ; cet homme est bien vivant, il s'aimait trop pour avoir pris la résolution d'en finir avec la vie. On a joué la comédie et on a répandu habilement la nouvelle de sa mort pour ôter toute idée de recherches, et faire rejaillir sur ceux qui restent, un sentiment de pitié.

Des déclarations mensongères, des protestations d'amour pour la paix et la prospérité du pays, ils n'en sont pas avares alors que la Tunisie et le Tonkin absorbent nos enfants et nos millions (500,000 francs par jour), et que pendant ce temps-là le commerce, l'agriculture, l'industrie râlent et agonisent, et que les journaux ne peuvent plus suffire à enregistrer les faillites, et les huissiers à pratiquer les saisies.

En vérité, je vous le dis, croyez-moi, on fait de vous des dupes.

Otez le bandeau que vous avez sur les yeux, et vous verrez où en sont vos finances, où en est votre crédit, où en est votre confiance, où en est votre prospérité ? Ne dites-vous pas déjà tout bas, ce que je dis tout haut, le moment n'est-il pas arrivé où vous allez cuber le volume de considérations que méritent ces prétendus amis du peuple, dont ils se moquent au fond comme de Colin-Tampon ?

Pour avoir droit à la considération, il faut n'avoir jamais fait un faux pas ; la vie tout entière d'un homme doit pouvoir s'étaler au grand jour, comme la femme de César, il doit être à l'abri de tout soupçon. Heureux, mille fois heureux celui qui est condamné à vingt-quatre heures de prison, accusé d'avoir badigeonné la République avec les couleurs chères à M. Margue, ou crié trop fort dans la rue, mais qui n'a jamais volé soit l'État, soit son semblable.

Il ne suffit pas, pour s'intituler honnête homme, de parader au milieu d'une compagnie de pompiers, les pompiers ne sont pas chargés de donner l'absolution ; il faut que le mot de banqueroute ne vienne ni sur les lèvres, ni à la pensée de personne, en voyant les uns, et la grâce d'un souverain n'est pas suffisante pour blanchir les autres. Il faut n'avoir jamais bronché, n'avoir jamais donné le mauvais exemple ni au public„ ni à ses enfants. Ne pas faire le mal n'est pas assez, il faut aimer le bien.

C'est pour cela que l'honnête homme, loin de réserver ses tendresses pour la canaille, doit chercher à faire punir les voleurs. S'il en était autrement, l'un pourrait prendre impunémént de l'argent dans un tiroir, l'autre avec escalade et effraction dans une armoire, celui-ci prendre des baliveaux dans un petit bois, celui-là voler la régie, briser des scellés, remplacer l'eau-de-vie par de l'eau, puis passer à l'étranger aussi tranquillement que s'il voyageait pour son agrément.

L'honnête homme ne laissera jamais supposer qu'il peut faire commettre des injustices, grâce à son crédit, et il doit refuser impitoyablement n'importe quel cadeau, sous forme de pièces de vin vieux ou autre, cadeaux aussi déshonorants

pour ceux qui les acceptent que pour
ceux qui les offrent. Ce vin doit lui brûler
la gorge.

Il n'est pas d'un honnête homme de
sacrifier ses convictions, de renier ses
principes dans le but de complaire aux
puissants du jour. Cet aplatissement de-
vant des citoyens qu'on méprise au fond
n'est pas digne.

L'honnête homme ne doit pas se contenter
de dire à tout propos que ses semblables
sont ses frères, qu'il les chérit. Il faut
que ses actes soient en rapport avec ses
paroles. Bon pour ses serviteurs, il doit
avoir soin de ceux qui sont attachés à ses
biens, ne pas les surcharger d'impôts
afin de leur permettre de vivre honora-
blement en travaillant, leur donner des
logements salubres où pourra pénétrer
largement la lumière. S'il n'agit pas ainsi,
en vérité je vous le dis, ce n'est qu'un
simple petit farceur.

Quand vous achetez des animaux, votre premier soin est de bien examiner s'ils n'ont pas de tares, s'ils peuvent remplir les conditions que vous souhaitez, vous allez même jusqu'à rechercher les cartes de leur origine. Si vous achetez des meubles, vous vous adressez autant que possible à des ébénistes ou à des menuisiers renommés par le soin qu'ils apportent à leur travail, et vous ne voudriez pas d'ouvriers reconnus pour employer des planches vermoulues, ou de mauvais placage.

Quand vous avez du grain à moudre, vous allez au moulin réputé pour faire la meilleure farine, vous nettoyez ce même grain avec tout le soin possible et vous en faites disparaître et l'ivraie et la nielle. Pourquoi n'agiriez-vous pas de même à l'égard des hommes qui sollicitent votre confiance ? Pourquoi ne passeriez-vous pas au crible toute leur existence ? ce serait, je l'avoue, une besogne qui exigerait un van avec des grilles à mailles bien serrées, et vous auriez, j'en conviens, un immense déchet, mais que la qualité de votre pain politique en serait meilleure !

En vérité, en vérité, je vous le dis, faites suivant ma parole et vous vous en trouverez bien. L'occasion du mois de mai se présente à vous. Épluchez, criblez vos hommes, interrogez-les, pressez-les, ne vous laissez plus mettre dedans, cherchez à vous rendre compte de votre situation financière, cherchez à pénétrer dans ce gouffre dont vous ne pouvez soupçonner la profondeur, dans ces galeries souterraines qu'on nomme le Budget. Cherchez à savoir où passe votre argent quand vous vendez des arbres, et surveillez bien les réparations de vos bâtiments communaux. Pour y arriver, adressez-vous à des hommes dont vous avez connu les familles, dont vous connaissez le passé, à ces hommes qui gèrent sage-

ment leur fortune personnelle et qui ne
vont pas comme des fous donner tête
baissée dans la banqueroute; privez-vous
des bavards et des imbéciles qui signe-
raient leur condamnation à mort. Adressez-vous à ces hommes modestes qui sans
ostentation font le bien, qui n'ont pas
besoin de cadeaux pour vivre et n'ont
jamais recours aux expédients, à ces
hommes dont le cœur n'a jamais donné
asile ni à la haine ni à l'envie, à des
hommes sérieux et sensés que vous n'aurez pas besoin d'engraisser et qui pren-
dront vos intérêts entre leurs loyales
mains.

Vous demanderez plus tard à d'autres
qui se disent les amis de la liberté et vos
serviteurs, pourquoi ils ne vous recon-
naissent que le droit de les mettre en
place, de leur tenir les pieds chauds et
l'estomac garni, et qu'ils vous nient celui
de choisir la forme du gouvernement, et,
monstruosité la plus révoltante de toutes,

de vous avoir refusé jusqu'à présent la nomination du chef de l'État.

Ils foulent aux pieds le premier de vos droits et oublient que *tout ce qui est fait sans le Peuple est illégitime.* Qu'ils ne se disent pas vos serviteurs, ils ne sont que vos geôliers.

En vérité, je vous le dis, nous touchons à de grands événements. Démasquez tous ces faux frères qui viennent à vous déguisés en brebis et qui sont des loups affamés qui dévoreraient et boiraient la mer et ses poissons, et qui se figurent que lorsqu'ils ont dîné, personne plus n'a faim. Vous reconnaîtrez un jour que ma parole était la vraie. Le moment n'est pas éloigné où vous aurez honte de n'avoir pas suivi les poteaux indicateurs de la bonne voie et d'avoir donné votre confiance à ces pionniers qui vous ont conduits dans les chemins de traverse et y resteront embourbés. Encore un peu de temps, ils seront en détresse absolument comme un simple chemin de fer d'intérêt local. Encore un peu de temps, prenez patience, vous en verrez bien d'autres ; vous verrez tant de trous dans la lune que vous ne pourrez plus les compter, je vous le dis, je vous le répète, c'est écrit : Le ciel et la terre passeront, la République passera, mais ma parole ne passera pas.

Paris-Imp. PAUL DUPONT, 41 rue Jean-Jacques-Rousseau. 914.4.84 R

IMPRIMERIE PAUL DUPONT

PARIS — 41, RUE JEAN-JACQUES-ROUSSEAU — 915.4.84

www.ingramcontent.com/pod-product-compliance
Ingram Content Group UK Ltd.
Pitfield, Milton Keynes, MK11 3LW, UK
UKHW021040120726
13693UKWH00005B/2348